Hermann Joseph Klein

Die Wetterpropheten, etc

Antigonos

Hermann Joseph Klein

Die Wetterpropheten, etc

Unveränderter Nachdruck der Originalausgabe von 1865.

1. Auflage 2024 | ISBN: 978-3-38637-096-7

Antigonos Verlag ist ein Imprint der Outlook Verlagsgesellschaft mbH.

Verlag: Outlook Verlag GmbH, Zeilweg 44, 60439 Frankfurt, Deutschland, info@outlook-verlag.de
Vertretungsberechtigt: E. Roepke, Zeilweg 44, 60439 Frankfurt, Deutschland
Druck: Libri Plureos GmbH, Friedensallee 273, 22763 Hamburg, Deutschland

Die
Wetterpropheten

und die

Wetterprophezeiungen,

oder:

Ist die Kunst, das Wetter vorher zu bestimmen, entdeckt oder nicht?

Zur Verständigung für Jeden,

der sich über diesen Punkt ein selbstständiges Urtheil
verschaffen will.

Von

Herm. J. Klein,

Herausgeber der „Gaea".

Neuwied und Leipzig.

J. H. Heuser'sche Buchhandlung.

1865.

Livingstone berichtet uns in seinen Reisen in Süd-
Afrika, daß die Bakuena's, wenn der ersehnte Regen von
Tag zu Tag auf sich warten läßt, ihre Zuflucht zu Regen-
doktoren nehmen, von denen man erwartet, daß sie die
befruchtenden Wolken herbeizuzwingen vermögen. Solcher
Aberglauben eines, auf niedriger Stufe der Cultur stehenden Stammes scheint uns lächerlich, und dies mit Recht;
aber wir übersehen hierbei ganz, daß auch in unserm
civilisirten Europa Wetterpropheten sich breit machen
und ihre Aussagen von einer Menge Leute der verschie-
denften Stände als Evangelium betrachtet werden. Noch
vor kurzem las ich in der Zeitung, wie der wohlweise
Rath, ich weiß nicht mehr welcher Schweizer Schützen-
gilde, an einen französischen Wetterpropheten Namens
Mathieu (de la Drome) die höfliche Anfrage richtete,
auf welchen Tag man wohl am besten ein projektirtes
Schützenfest verlegen solle, um dasselbe nicht durch Un-
gunst der Witterung vereitelt zu sehen. Der freundliche

Prophet hatte denn auch die Güte, den Fragenden die nöthige Auskunft zu geben und eine Zeit zu fixiren, wo das Wetter günstig sein würde. Ich weiß leider nicht genau, ob es an dem festgesetzten Tage geregnet hat oder ob es noch regnen wird; soviel ist aber sicher, daß die erwähnte Anfrage den Fragenden wie den Bescheidgeber in gleich curioses Licht stellt. — Derjenige, welcher wirklich die Sehergabe besäße, die Witterung für alle kommende Zeit vorauszusagen, könnte neben Sonstigem sich hierbei noch ein ganz erkleckliches Sümmchen verdienen. Denn es ist zweifellos unberechenbar viel werth, im Voraus zu wissen, ob ein Sommer kalt und feucht oder heiß und trocken sein wird. Beide Umstände begünstigen eine ganz andere Aussaat, und was bei dem einen gedeiht, geht kümmerlich zu Grunde beim andern. Den Wetterpropheten scheint dies nicht entgangen zu sein; aber während sich Herr Culvier Gravier in Paris mit dem allgemeinen Ruhme begnügt, ein Wohlthäter der Menschheit zu sein und sich auch unter diesem bescheidenen Titel dem Kaiser Napoleon in besonderer Audienz vorstellen läßt, besitzt er diesseits des Rheines, an den goldigen Ufern der Spree einen Rivalen, der sich mehr mit dem Materiellen, das sich aus den Resultaten der Forschung ziehen läßt, befaßt, der auch pecuniär wissen will, warum er die Temperatur voraussagen kann. Herr Rechnungs-

rath a. D. Schneider, inspirirter Erfinder und unbe-
streitbarer Eigenthümer der Astrometeorologie, einer Wissenschaft, die nach ihres Gebieters Definition nichts anderes
ist, als die auf eine gewaltig höhere Stufe gestellte Meteorologie oder Wetterkunde der Forscher gewöhnlichen
Schlages, erklärt zu Ende der Nachrichten über die Fort-
schritte seines Pflegekindes mit fett gedruckten Lettern,
daß bei Leibe Niemand sich unterstehen möge, Astrometeorologie zu treiben, als Derjenige, welcher die Gerecht-
same hierzu von ihm, dem Eigenthümer, gekauft habe.
Denn es wolle sich zur Ausbeutung dieser wichtigen
Wissenschaft eine Gesellschaft bilden, und dieser dürfe man
auf ihrem Rayon nicht zu nahe kommen. Es ist zur
Zeit noch nicht recht bekannt, ob die Gesellschaft heute
existirt oder nicht; was wir aber vermuthen dürfen, ist,
daß die Aktien einer solchen Gesellschaft einige Jahre
nach ihrer Begründung sicher 100 Procent unter Pari
stehen werden. Gott verleihe ihr ein gnädiges Ende!

Es ist ein natürliches Gefühl des Menschen, welches
beständig seine Neugierde anregt und ihn dazu treibt
sich nach der Zukunft umzusehen. Dieses Gefühl treffen
wir am offenkundigsten zu Tage liegend bei den uncivili-
sirten Völkern, sei es der Gegenwart, sei es der Ver-
gangenheit. Mit zunehmender Bildung und wachsendem
Einflusse des Verstandes auf das Gemüth, zieht sich solcher

Vorwitz immer mehr und mehr zurück; man schämt sich, ein Gelüst zu hegen, von dem jeder Verständige weiß, daß es nicht befriedigt werden kann. Die Kaste der eigentlichen Seher und Propheten ist heute ausgestorben und die Stimme der vom Geiste erleuchteten Männer, welche die Geschicke der Völker, ja der ganzen Menschheit, in dunkeln, geheimnißvollen Phrasen einer gaffenden Menge vordeclamirten, ist verhallt. Nur noch sporadisch zeigt sich hier und da zeitweise ein Individuum dieser Art, um nach schnell vollbrachter Sendung vom rächenden Arme der ungläubigen Polizei gepackt zu werden. Mit den Propheten aber ist auch der Wunderglaube der alten Zeit zum großen Theile zur ewigen Ruhe eingegangen. Und wenn etwa heutzutage noch einmal wie weiland am 29. März 1582 der Thurm der Katharinenkirche in Brandenburg zusammenstürzen würde, ohne daß der auf demselben schlafende ehrsame Kunstpfeifermeister Martin Nering sammt seinen drei Gesellen Schaden litte, so würde gewiß Niemand mehr Glauben finden, der andern Tages herangezogen käme und behauptete, in der besagten Nacht feurige Engel gesehen zu haben, welche die vier Leute glücklich auf den Erdboden herabtransportirten. Solcher Aberglaube auf solchem Gebiete ist, Gott sei Dank, verschwunden, aber auf andern Gebieten da wuchert er noch fröhlich fort. glaubt sich zeitweise so gar berechtigt zu solchem Vegetiren, und indem er sich scheinbar der Wissenschaft anlehnt, glaubt er in der That Anhängsel derselben zu sein.

Aber die Wissenschaft an sich ist jedem Aberglauben und jeder Geheimnißkrämerei fremd und feind. Zwar hat jeder Zweig derselben, auf einer gewissen Stufe der Entwickelung angelangt, hiermit zu kämpfen gehabt. Im Mittelalter war die eigentliche Chemie herabgesunken zur Al-Chemie, deren einziger Daseinszweck die Aufsuchung des großen Elixirs, der rothen Tinktur oder des Steines der Weisen war, der alle Metalle in Gold zu verwandeln die Kraft besitzen sollte. Zwar hatte damals ebensowenig wie heute irgend ein Mensch bewiesen oder beweisen können, daß überhaupt ein solcher Wunderstein existire, doch solcher Beweis war Nebensache; man hatte sich nun einmal in den Kopf gesetzt, der besagte Stein existire und also ward darnach gesucht. Mit der Astronomie war's ähnlich. Noch im siebzehnten Jahrhundert glaubte der größte astronomische Beobachter seiner Zeit, Tycho de Brahe, an den Einfluß der verschiedenen Gestirn-Constellationen auf das Schicksal der Menschen. Als er einst bei einem Duell der Art im Gesicht verwundet worden, daß er einen großen Theil der Nase einbüßte, versicherte er steif und fest, daß sein Horoskop, nach der

Stellung des Planeten Mars, ihm eine solche Entstellung im Gesichte vorherverkündet habe.

Heute allerdings schämt sich ein Vernünftiger, an Al-Chemie und Astrologie zu glauben, man hält dergleichen für „unkritische Mythen einer unkritischen Zeit," aber man schämt sich nicht, an eine andere Art moderner Astrologie und Al-Chemie, nämlich an Meteoromantik oder Wetterprophezeiungen zu glauben. Woher solche Gegensätze? Daher ganz einfach, weil man auf der einen Seite klärlich einsieht, daß weder ein Stein der Weisen überhaupt existiren kann, noch ein Einfluß der Fixsterne auf einen armseligen Erdbewohner existiren wird, während man andererseits von den Gesetzen und den Kräften, welche das Wetter machen, zu oberflächliche und unklare Begriffe hat, um sich in dieser Beziehung ein selbstständiges Urtheil zu bilden.

Wir wollen die einzelnen Prophezeiungsmethoden der Meteoromantik und die vorlautesten unter den Propheten auf diesem Gebiete, sowie die Art und Weise und die Gründe, auf welche gestützt sie Schlüsse ziehen, hier näher betrachten.

Am allgemeinsten ist die Wettervorherbestimmung nach dem hundertjährigen Kalender. Man trifft dergleichen noch in vielen Jahrbüchern an. Fragen wir aber, wer denn diesen hundertjährigen Kalender zuerst

zusammengestellt, wer die hierzu nothwendigen Beobach=
tungen gemacht, welcher Art diese gewesen seien und nach
welchen Gesetzen bei der Auswahl und Zusammenstellung
derselben sei verfahren worden, so können wir hierüber
nirgendwo Antwort erhalten. Seltsamer Weise weichen
auch diese hundertjährigen Kalender, unter sich verglichen,
sehr bedeutend von einander ab; wenn der eine schönes
Wetter verspricht und allenfalls eine Promenade erlaubt,
so droht der andere mit Regen und Sturm und warnt
vor dem unnöthigen Ausgehen. Es scheint sonach, als
wenn mehr wie ein hundertjähriger Kalendermann existire;
aber trotzdem solche Reihen hundertjähriger Beobachtungen,
wenn sie gleich nicht gestatten, das Wetter vorauszube=
stimmen, für die Wissenschaft von hohem Werthe sein
und dankbar anerkannt werden würden, so ist es bis
heute doch niemals einem dieser im Verborgenen wirken=
den Wetterpropheten eingefallen, die große Zahl der alten
Beobachtungen, welche er benutzt hat, irgendwo näher
mitzutheilen. Bedenken wir nun, daß die „hundert=
jährigen Wetterpropheten" nicht aus dem laufenden Jahre
datiren, sondern daß man dergleichen Angaben schon vor
fünfzig Jahren in den Kalendern fand und sie gerade
früher in großer Blüthe standen, so ist doch klar, daß,
falls die Angaben jener Propheten sich auf wirkliche Be=
obachtungen stützen, diese letztern mindestens bis zum

Jahre 1700 zurückgehen müssen. Diese Beobachtungen aber können in verschiedener Weise angestellt worden sein; entweder indem man zur Bestimmung von Kälte und Wärme das Thermometer benutzte, also Thermometerbeobachtungen anstellte, oder aber indem man im Allgemeinen den Zustand des Himmels, ob dieser rein oder von Wolken bedeckt erschien, ob es regnete oder schneite, aufzeichnete. Auf eine dieser beiden Arten müssen die Beobachtungen angestellt worden sein, falls es deren überhaupt gibt, und nicht, wie es stark zu vermuthen ist, der hundertjährige Wetterkalender nur eine Fiction und lediglich im Hirne irgend eines industriösen Kalendermachers entstanden ist.

Nun können aber die besagten Beobachtungen nicht auf Thermometerangaben sich stützen, denn, obgleich ein Wärmeanzeiger (Thermoscop) schon in der ersten Hälfte des siebenzehnten Jahrhunderts durch den Niederländer Drebbel construirt worden war, so vergingen doch über hundert Jahre, ehe das Thermoscop in ein Thermometer verwandelt werden konnte, d. h. ehe man fixe Punkte fand, auf welche alle Wärmemessungen vergleichend bezogen werden konnten. Im Jahre 1700 und den nächstfolgenden Jahren waren daher noch gar keine Thermometerbeobachtungen möglich, welche mit Sicherheit einen Anschluß an spätere Beobachtungen dieser Art zuließen.

Sonach fällt auch die Annahme, daß der „hundertjährige Wetterprophet" seine Angaben auf Thermometerbeobachtungen stütze, in sich zusammen. Wir werden übrigens später sehen, daß dergleichen Beobachtungen auch überhaupt das in Rede stehende Problem allein nicht einmal lösen können.

Es bleibt also nur noch die Annahme, die Angaben des hundertjährigen Kalenders beruhten auf Beobachtungen des allgemeinen Himmelszustandes. Nehmen wir dies einen Augenblick an und sehen zu, ob sich aus solchen Behauptungen überhaupt etwas Sicheres für die Wetterprophezeiung ableiten läßt.

Gäbe es keinerlei Luftströmungen, also keine Winde, welche aus verschiedenen Weltgegenden, bald Kälte, bald Wärme bringend herwehen, und gäbe es auch keine verdichteten Dünste, nämlich keine Wolken, so ist es klar, daß für einen bestimmten Punkt der Erdoberfläche die Temperatur Jahraus Jahrein dieselbe bleiben und nur eine jährliche Periode einhalten würde. Im Sommer, einige Zeit nachdem die Sonne ihren höchsten Stand am Himmel erreicht hat, würde die größte Wärme und ein halb Jahr später die größte Kälte eintreten. Dieser imaginäre Zustand ist nun in Wirklichkeit nicht vorhanden, vielmehr existiren mannigfache Luftströmungen und unbestimmbar viele Dünste, welche, als Gewölk vom Winde getrieben,

ohne Paß und Wanderbuch über aller Herren Länder und
Ländchen ziehen und sich bald hier, bald dort niedersen=
ken und theils als Regen, theils als Schnee und Hagel
den Erdboden treffen. Wollen wir also etwas Gesetz=
mäßiges im Verlauf der Witterung auffinden, und wol=
len wir die Witterung für eine bestimmte Zeit voraus=
sagen, so müssen wir vorerst den normalen Gang der
Temperatur feststellen, wie er ohne störende Dazwischen=
kunft von Wind und Wolken stattfindet. Dies ist in der
That mit Hülfe des Thermometers für viele Orte ge=
schehen und hieraus hat man dann weiter die mittlere
Jahrestemperatur für jene Punkte berechnet. Die fol=
gende kleine Tafel enthält eine Zusammenstellung der
mittleren Temperatur verschiedener Orte im Jahre 1860:

	Grade des Réaumur'schen Thermometers.		Grade des Réaumur'schen Thermometers.
Bozen	$+8{,}7$	Linz	$6{,}0$
Bukarest	$9{,}1$	Lemberg	$6{,}7$
Brünn	$6{,}7$	Laibach	$6{,}9$
Cairo	$17{,}3$	Oedenburg	$7{,}7$
Curzola	$13{,}7$	Pilsen	$6{,}2$
Czaslau	$6{,}3$	Preßburg	$7{,}7$
Czernowitz	$6{,}4$	Ragusa	$13{,}3$
Debreczin	$9{,}0$	Salzburg	$7{,}0$
Eperies	$7{,}7$	Schäßburg	$7{,}2$

Grade des Réaumur'schen Thermometers.		Grade des Réaumur'schen Thermometers.	
Fiume	11,2	Triest	10,6
Gastein	4,0	Trient	9,3
Galatz	10,6	Troppau	6,9
Gratz	7,0	Venedig	10,1
Hermannstadt	7,0	Wien	7,3
Kronstadt	6,7	Wollendorf	7,2
Klagenfurt	5,2	Wilten	5,6
Krakau	6,1		

Schon aus dieser Uebersicht, welche den Grundpfeiler aller metereologischen Veränderungen für die betreffenden Orte enthält, ergibt sich schlagend, daß Beobachtungen, welche für einen Ort gelten und welche hier etwa die Witterung bestimmen ließen, darum noch lange nicht für einen zweiten Ort, geschweige denn für ein ganzes Reich gelten. Zögen z. B. über dem Horizont von Cairo in einem bestimmten Jahre andauernd so viele Wolken herauf, daß hierdurch der unmittelbare Einfluß der Sonne geschwächt und die mittlere Temperatur etwa um 6 Grad herabgedrückt würde, so könnte der Bewohner von Wien, wenn er nach Cairo käme, darum doch noch nicht hier über Kälte klagen. Stellten sich aber die metereologischen Verhältnisse für die Stadt Linz an der Donau just ebenso, daß nämlich hier die mittlere Temperatur um 6 Grad herabsänke, so würde hier schon eine ganz charmante Kälte herrschen. Aus diesem Beispiele ersieht man klar, daß, selbst im Falle ein „hundertjähriger Wetterprophet" Thermometerbeobachtungen angestellt und hieraus ein Gesetz der Temperaturfolge für einen bestimmten Zeitraum herausgefunden hätte, dieses Gesetz darum doch noch lange nicht für ein ganzes Land Gültigkeit besitzen würde. Lebte der Prophet an einem Orte, wo z. B. am 1. März eine Mitteltemperatur von 3 Grad Wärme wäre und seine Kunst sagte ihm voraus, daß ausnahmsweise an jenem Tage eine Störung eintreten und die Luftwärme hierdurch 4 Grad herabgedrückt werden würde, so müßte der gute Mann verkünden: „Am 1. März wird Kälte eintreten": denn in der That stände dann das Thermometer auf 1 Grad unter dem Gefrierpunkte. Für einen Bewohner von Cairo aber könnte dieser Ausspruch schon nicht mehr gelten, denn an jenem Tage wird das Thermometer hier trotz eines Sinkens von 4 Grad noch über dem Nullpunkte stehen oder es wird noch Wärme anzeigen. —

Wir sehen auf diese Weise, daß Wetterprophezeiungen für ein großes Land, selbst unter der Voraussetzung, daß wirklich an einem bestimmten Orte eine periodische und nach Zeit und Dauer vorherbestimmbare Abweichung von der mittleren Temperatur eines jeden Tages aufgefunden worden, völlig illusorisch sind. Aber ist auch nur selbst diese Voraussetzung wirklich annehmbar? Wir müssen leider mit Nein antworten. Denn alle unsere thermometrischen Beobachtungen reichen noch nicht einmal aus, die mittlere Temperatur eines bestimmten Tages festzustellen. In der That, was versteht man unter mittlerer Temperatur? Offenbar nicht mehr und nicht weniger, als den mittleren Werth aus allen Temperaturangaben während einer bestimmten Zeit. Da es nun aber nicht möglich ist, alle die kleinen Temperaturschwankungen zu notiren, so behilft man sich gewöhnlich damit, aus drei zu bestimmten Stunden des Tages gemachten Ablesungen den mittleren Werth zu nehmen und diesen als Temperaturmittel zu betrachten. Der Fehler ist offenbar um größer, je bedeutender die Temperaturschwankungen während des Tages sind. Aber noch mehr. Wo soll man denn eigentlich die wahre Temperatur der Luft suchen, in welcher Höhe über dem Erdboden soll man das Thermometer anbringen? Das ist ein wichtiger Punkt, den man bis in die neueste Zeit noch vielfach gänzlich übersehen hat. Bequerel in Paris sagt: „Gelangt man wohl zur Kenntniß der mittleren Temperatur eines Orts, wenn man ein Thermometer etwa gegen Norden in einer Höhe von ungefähr 1^4/$_{10}$ Meter über dem Erdboden aufgestellt und aus einer möglichst großen Anzahl von Beobachtungen ben mittleren Werth nimmt? Ich denke nein. Aus den angestellten Beobachtungen geht hervor, daß der Erdboden, je nachdem er mehr oder weniger durch die Einwirkung der Sonne erhitzt oder durch die nächtliche Ausstrahlung abgekühlt ist, auf die Temperatur der Luft einwirkt, und zwar bis zu einer Höhe von nicht weniger als 50 bis 60 Meter (150 bis 180 Fuß), indem dieselbe während des Tages erhöht, während der Nacht aber erniedrigt wird." Zu ähnlichen Resultaten gelangte Prestel in Emden. Dieser Beobachter fand, daß im Mittel für den Monat Mai ein in 17 Fuß Höhe über dem Boden aufgehängtes Thermometer Resultate gab, die um einen ganzen Grad von denjenigen abwichen, die unmittelbar über dem Erdboden waren erhalten worden. Ein in 28 Fuß Höhe befestigtes Thermometer wich gar $1^4/_{10}$ Grad ab und für den Monat August steigen diese Differenzen resp. auf $1^2/_{10}$ und $1^6/_{10}$ Grad. „Beobachtungen an Thermometern, sagt Prestel, welche in anderen Höhen aufgestellt waren, wie die von mir beobachteten, würden Resultate ergeben, die abermals von den obigen verschieden wären." Das sind gerade nicht sehr erfreuliche Resultate; denn wie es scheint, wird den praktischen Metereologen wenig Anderes übrig bleiben, als getrost ihre Thermometer auf die Spitzen der Thürme zu tragen und regelmäßig dort herauf zu klettern, um Beobachtungen anzustellen.

Während also die wirklichen Meteorologen, die Fach=
leute, die rüstig Hand an's Werk gelegt und den Bau
gefördert haben, augenblicklich etwas verblüfft dastehen
und sich die Stirne reiben und gestehen, daß viele ihrer
jahrelangen Arbeiten fast vergebens gewesen sind, gehen
auf der andern Seite einzelne unwissenschaftliche Nach=
beter hin, raffen auf gut Glück eine Portion alter Be=
obachtungen zusammen und erklären, gleich den Charla=
tanen der Jahrmärkte einer gaffenden Menge, wie sie das
große Geheimniß gefunden hätten, die Witterung vorher=
zusagen, wie sie genau vorher wüßten, wie viel Regen
fallen würde, und wie sie auch die Tage kennten, wenn's
donnern würde und hageln u. s. w. u. s. w. —

Wir haben soeben gesehen, wie es der zeitigen mete=
orologischen Wissenschaft bisher noch nicht gelungen ist,
die mittlere Temperatur irgend eines bestimmten Ortes
für jede gegebene Zeit mit größter Sicherheit anzugeben.
Wir dürfen aber hoffen, daß dies eines Tages gelingen
wird und wollen 'mal annehmen, dies wäre heute schon
ganz genau der Fall, wie es näherungsweise der
Fall ist. Um dann die Witterung bestimmen zu können,
müßte man weiter auch die auftretenden Winde nach Dauer,
Richtung und Stärke kennen, sowie die Wolkenmenge,
welche sie mit sich führen. Sehen wir einmal zu, was

sich in dieser Beziehung auf gesetzmäßig Erkanntes zurückführen läßt.

Der Wind weht bekanntlich höchst unregelmäßig und man pflegt ihn als Sinnbild der Unbeständigkeit häufig anzuführen; den Mantel nach dem Winde hängen, heißt ja bekanntlich so viel, als bei jeder Gelegenheit seine Gesinnung ändern.

Das hauptsächlichste, was wir heute über die regelmäßige Aufeinanderfolge der verschiedenen Windrichtungen wissen, was Dove in dem nach ihm benannten Gesetze zusammengefaßt hat: das wußten auch eigentlich schon die Alten. und es hat ihnen ebenso wenig genützt, Wind oder Sturm vorherzubestimmen, wie uns heute dies möglich ist. Baco von Verulam, der im 16. Jahrhunderte in England lebte, sagt in seiner historia naturalis et experimentalis de ventis: „Wenn der Wind sich der Bewegung der Sonne gemäß, das ist von Morgen gegen Mittag, von Mittag gegen Abend verändert, so geht er selten zurück, oder wenn er es thut, so geschieht dies nur auf kurze Zeit. Wenn er sich aber in der entgegengesetzten Richtung, nämlich von Morgen gegen Mitternacht, von Mitternacht gegen Abend verändert, so kehret er immer gern zu dem vorigen Punkt zurück; wenigstens thut er es, ehe er ganz in dem Kreise herumgegangen ist. Wenn der Südwind zwei oder drei Tage geweht hat, so

wird jählings nach ihm der Nordwind wehen; aber wenn
der Nordwind ebenso viele Tage hinter einander weht,
so wird der Südwind nicht eher entstehen, als bis der
Ostwind vorher eine Weile geweht hat."

Dove hat in seinen meteorologischen Untersuchungen
die Drehung des Windes und ihren Einfluß auf die Tem=
peratur sehr schön geschildert. „Wenn der Südwest, sagt
dieser große Meteorologe, immer heftiger wehend, endlich
durchgedrungen ist, erhöht er die Temperatur bis über
den Thaupunkt; es kann dann nicht mehr schneien, son=
dern es regnet, während das Barometer seinen niedrigsten
Stand erreicht. Nun dreht sich der Wind nach West, und
der dichte Flockenschnee beweist ebenso gut den einfallen=
den kälteren Wind, als das rasch steigende Barometer,
die Windfahne und das sinkende Thermometer. Mit Nord
heitert sich der Himmel auf und mit Nordost tritt das
Maximum der Kälte und des Barometers ein. Aber all=
mählig beginnt dieses wieder zu fallen und feine Wolken=
streifchen zeigen durch die Richtung bei ihrem Entstehen
den eben eingetretenen südlichern Wind, welchen das Ba=
rometer schon bemerkt, wenn auch die Windfahne noch
nichts davon weiß und ruhig Ost zeigt. Doch immer be=
stimmter verdrängt der südliche Wind den Ost von oben
herab; bei entschiedenem Fallen des Quecksilbers wird die
Windfahne Südost, der Himmel bezieht sich allmählich

immer mehr und mit steigender Wärme verwandelt sich der Schnee mit Südost und Süd bei Südwest wieder in Regen."

Das ist so ziemlich Alles, was wir über die Auf=einanderfolge der Windrichtungen wissen. Ueberhaupt ist die heutige meteorologische Wissenschaft durch die größten Anstrengungen zwar dazu gelangt, die auftretenden Wit=terungserscheinungen zu analysiren, das Wie? und War=um? in vielen Fällen uns zu erklären; aber Vorausbe=rechnungen vermag sie, hierauf gestützt, noch nicht zu machen. Der Grund hiervon wird an einem bestimmten Beispiele klar werden. Wir alle wissen aus eigener Er=fahrung, daß es oft im Frühjahre auffallend unfreund=lich und kalt ist und auch der Sommer naßkalt verläuft, während wir in andern Jahren einen angenehmen Früh=ling und heitern Sommer haben. Fragen wir die Me=teorologie nach der Ursache dieser auffallenden Gegensätze so kann sie uns darüber vollständig Aufschluß geben. „Im Frühjahre, sagt Zamminer, wenn der asiatische Con=tinent sich zu erwärmen beginnt und gleichzeitig die Wärme in Nordafrika sich steigert, entsteht ein Kampf zwischen westlichen und nördlichen Luftströmungen, die nach jenen heißen Heerden hingezogen werden. Der Sieg der erste=ren, von den eisigen Wassern des nördlichen Polarstromes herkommenden Winde, entscheidet für ein rauhes Früh=

jahr und kalten Sommer; der Sieg der nördlichen Ströme, welche bald in einen dauernden Nordost übergehen, für einen heitern, warmen Sommer. Am schlimmsten steht es um Europa in den Jahren, in welchen auch für die Sommermonate die Südwestströme ihr dauerndes Bett über diesen Erdtheil gegraben haben; Mißwachs und Theurung sind dann im Gefolge der niedern Temperatur, welche jene Winde im Sommer erhalten, indem die dichte von ihnen ausgebreitete Wolkendecke der Sommerwärme den Zutritt versagt. Man hat bemerkt, daß solche abnorme Windverhältnisse häufig im Gefolge heftiger Stürme eintreten, welche vermöge ihrer durchgreifenden Wirkung eine dauernde Strömung einzuleiten vermögen. Ueberhaupt sind die Südweste stürmischerer Natur als die Nordoste, weil sie, in der Höhe ungehindert fortschreitend, und aus den Gegenden größerer Drehungsgeschwindigkeit kommend, ihr Bett um so mehr verengen müssen, je weiter sie nördlich vordringen. Bei den bedächtig vorschreitenden Nordosten machen sich alle diese Einflüsse in umgekehrtem Sinne geltend." — Sehr schön bemerkt Dove, daß wenn die Südweste sich im Sommer über Europa behaupten, Kühle, Mißwachs und Theurung in ihrem Gefolge führend, die Polarströme, welche dann über Asien und das südöstliche Rußland oder über Nordamerika ausgleichend herabströmen, in diesen Ländern den Ertrag der

Ernten sichern. Allgemeiner Mißwachs auf der nördlichen Erdhälfte kann um so weniger eintreten, als die Südweste doch vorzugsweise über die großen Meere ihren Weg nehmen. Wenn diese Winde auch in den Getreide bauenden Theilen von Nordamerika im Sommer vorherrschen, so haben sie dort die verderbliche Wirkung der europäischen Südweste nicht, weil sie ihre Wassermassen größtentheils abgesetzt haben, ehe sie die östlichen Länder von Nordamerika erreichen."

Aus den vorstehenden Erklärungen ergibt sich ein klares Bild der Ursachen, welche mitunter die abnorme Temperatur des Frühlings und Sommers hervorrufen. Zugleich aber ergibt sich auch ebenso deutlich, daß es Thorheit sein würde, im Voraus bestimmen zu wollen, wann, in welchen Jahren, ein kalter Sommer eintreten wird. Denn der Ausgang des Kampfes der beiden Luftströmungen, von denen eine während des Sommers vorherrscht, hängt lediglich von Ursachen ab, welche sich, wenigstens jetzt, gar nicht vorausbestimmen lassen; ein unbedeutender, erst im Augenblick der Entscheidung auftretender Umstand begünstigt den einen oder andern Strom und gibt den Ausschlag. Daß dies wirklich sich so verhält, zeigt auch noch die Geschichte einzelner Länder. Denn wenn wir hier nachschlagen, wann ein Sommer sehr kalt oder ein Winter auffallend warm gewesen ist und wenn wir dann die

erhaltenen Jahreszahlen mit einander vergleichen, so ergibt sich, daß hier keine bestimmte Periode eingehalten
wird, sondern jene Naturereignisse sonder Regel und Recht
eintreten. Dahingegen gibt die Meteorologie allerdings
Regeln, nach welchen sich die Wirkung eines einmal eingetretenen Windes einigermaßen im Voraus beurtheilen
läßt; allein ob und wann eine bestimmte Windrichtung
eintreten und wie lange sie dauern werde, dies voraus-
zubestimmen ist ihr bis heute nicht möglich. Denn die
Häufigkeit der verschiedenen Windrichtungen ist in verschiedenen Jahren eine so verschiedene in Bezug auf die
nämlichen Zeiten, daß hier schlechterdings an kein Vorherbestimmen zu denken ist. Ja, selbst zu den nämlichen
Zeiten ist die Windrichtung und ihre relative Häufigkeit
für nahe bei einander liegende Orte eine äußerst verschiedene. Ich führe, um dies klarer darzulegen, die Windrichtungen, welche 1859 an den Beobachtungsstationen
des Königl. Belgischen Beobachtungssystems vermerkt wurden, in tabellarischer Form an. Die Zahlen zeigen die
Häufigkeit der betreffenden Windrichtungen während eines
Jahres.

	N.	NNW.	NW.	WNW	W.	WSW.	SW.	SSW.	S.	SSO.	SO.	OSO.	O.	ONO.	NO.	NNO.
Brüssel	120	101	167	140	223	158	138	74	175	465	774	739	339	217	259	94
Gent	59	36	40	26	30	22	28	24	125	52	167	81	89	49	83	32
Namur	334	121	245	130	140	77	219	90	592	324	402	380	858	115	172	180
Lüttich	34	61	98	0	0	6	7	3	74	127	155	33	10	45	74	3
Stavelot	40	28	81	22	23	20	74	46	35	43	173	69	106	103	181	30
Arlon	46	16	35	23	59	8	16	2	30	7	39	25	169	21	60	21

Aus dieser einfachen Zusammenstellung schon ergibt sich, daß selbst in Städten, welche so nahe beisammen liegen wie die angeführten in dem kleinen Belgien, und wo der Luftzug so wenig durch beeinflussende Gebirgserhebungen behindert wird wie dort, dennoch das Vorherrschen einer bestimmten Windrichtung sich fast allenthalben verschieden herausstellt. In Brüssel z. B. ist Südost die vorherrschende Windrichtung, während Südsüdwest zehnmal seltener beobachtet wird. In Gent ist zwar auch noch der Südost vorherrschend, aber die am wenigsten häufig beobachtete Windrichtung ist hier Westsüdwest. Letzteres gilt auch noch für Namur, aber die vorherrschende Richtung ist hier Ost; in Stavelot ist sie Südost, ebenso in Lüttich und hier wird Westwind am wenigsten häufig beobachtet. Wenn ich nun noch hinzufüge, daß jede der Hauptwindrichtungen einen ganz bestimmten Einfluß auf die Temperatur hat und auch dieser Einfluß für verschiedene Orte ein gänzlich verschiedener ist, so wird doch sicherlich jeder Selbstdenkende zugeben, daß Beobachtungen, welche an einem einzigen Orte angestellt werden, und würden sie auch 1000 Jahre hindurch fortgesetzt, dennoch niemals dazu führen können, die Witterung für ein ganzes Land im Voraus zu bestimmen. Zahlen beweisen, wie man zu sagen pflegt, und sie erläutern, gehörig zusammengestellt, die Anschauung ganz ungemein. Ich will

daher hier noch eine Zusammenstellung der Hauptwind=
richtungen und der ihnen zukommenden Temperaturen für
einzelne Orte voranstellen. Das Zeichen — bezeichnet
hier Kältegrade.

Berlin.

	NO.	O.	SO.	S.	SW.	W.	NW.	N.
Jahr	9,03	10,06	11,55	11,85	11,87	10,87	9,81	9,92
Winter	—0,48	0,00	2,20	4,52	6,31	5,23	3,56	1,69
Frühling	9,43	9,68	11,69	14,35	10,79	10,25	8,76	8,51
Sommer	18,19	20,27	02,15	18,35	17,55	17,03	16,81	19,47
Herbst	8,99	9,00	12,15	13,01	12,55	10,95	10,09	9,99

Emden.

	N.	NO.	O.	SO.	S.	SW.	W.	NW.
Jan.	—0,69	—2,69	—3,88	—1,16	+ 1,06	2,31	1,97	1,15
Febr.	—0,95	—1,61	—3,55	—1,13	+ 1,62	2,11	2,55	1,58
März	0,63	—1,54	—0,45	—3,23	3,45	3,41	3,15	2,41
April	4,71	4,68	6,23	7,12	6,91	6,48	5,76	5,15
Mai	8,43	8,87	9,56	10,51	10,97	9,56	9,21	8,63
Juni	12,15	12,99	13,37	14,35	13,21	12,24	11,34	11,16
Juli	13,55	15,29	16,08	15,76	14,64	13,69	12,71	13,19
Aug.	12,81	14,83	15,18	15,46	14,29	12,97	12,55	12,48
Sept.	10,91	11,31	11,42	11,83	10,70	10,54	10,41	10,49
Oktbr.	6,79	6,25	6,39	7,12	8,54	7,92	7,79	7,37
Novbr.	3,32	1,07	1,27	2,30	4,68	4,68	4,73	4,44
Dezbr.	0,92	—2,89	—3,66	—1,50	1,57	2,43	2,39	1,45

Aus der ersten Tabelle ersieht man sehr leicht, daß für Berlin im Winter die Nordostwinde, welche über die öden Flächen des mitternächtlichen Rußlands und Sibiriens wehen, die meiste Kälte bringen, während der reine Ost im Sommer die größte Hitze bringt und selbst im Winter die Temperatur noch über den Gefrierpunkt erhebt. Für Emden bringt aber in den Wintermonaten der Ost gerade die größte Kälte, während im Sommer bei Südost die Hitze ihren höchsten Grad erreicht. Die Tabellen geben noch hinreichend Anlaß zu weiteren Vergleichen, wir können aber auch jetzt schon mit Evidenz schließen, daß der Einfluß des Windes auf die Temperatur, also auf Wärme und Kälte sich in Berlin und Emden ganz anders verhält. Der „hundertjährige Kalender" weiß aber von solchen Unterschieden durchaus nichts und proklamirt mit der liebenswürdigsten Naivetät für alle Orte, wo er grade verkauft wird, eine gleiche Witterung für den gleichen Tag.

Nachdem wir im Vorgehenden gesehen haben, daß ein Vorausbestimmen der Windrichtungen und ihrer Dauer, selbst wenn man alle Beobachtungen zusammenfaßt, heute noch nicht möglich ist, und nachdem wir beiläufig ebenfalls uns überzeugt haben, daß selbst ein und derselbe Wind an zwei verschiedenen Orten total verschieden in seinem Einflusse auf die Witterung ist, können wir nun zur Untersuchung des dritten der Eingangs erwähnten Punkte übergehen und fragen: Läßt sich 'vielleicht der Grad der Bewölkung für eine Reihe von Tagen im Voraus bestimmen, und läßt sich weiter hieraus Etwas für ein Vorhersagen der Witterung ableiten?

Allein da begegnet uns gleich anfangs wieder das Mißliche, daß in der Meteorologie alle hier auftretenden Kräfte so ineinander geschachtelt sind und sich gegenseitig in ihren Wirkungen der Art beeinflussen und modificiren, daß kein vernünftiger Mensch (bis heute wenigstens) sich in diesem Labyrinthe ganz zurechtfinden, d. h. die Größe der Wirkung einer jeden Kraft gesondert und in ihrem Zusammenhange mit den übrigen genau angeben kann. Ein Beispiel wird dies erläutern. Der Westwind schleppt gemeiniglich eine große Menge von Wolken und Dunstmassen vom atlantischen Ocean her nach dem europäischen Festlande hinüber. Tritt West ein, während früher Ost wehte, so bewölkt sich der Himmel; die Temperatur der unteren Luftschichten sinkt hierdurch (im Sommer), es entstehen daher unten neue Luftströmungen, neue Winde. Diese ihrerseits verwandeln, indem sie immer frische Luftschichten über den feuchten Boden treiben, dessen Feuchtigkeit in Dunst, welcher aufsteigt und sich den ursprünglichen Wolken zugesellt, während aber diese auf ihrer Reise je nach der Temperatur bald hier bald dort ihre Dampf- und Dunstmassen in Form von Regen oder Hagel niederschlagen. Welcher Mensch glaubt sich nun im Stande, alle diese Einflüsse nach ihrer Größe und Dauer in Rechnung zu ziehen, und, nachdem die ursprünglichen Wolken etliche hundert Meilen über den Continent geflogen sind, zu sagen: Seht her, so und so viel haben die Wolken verloren, dort ist so viel Regen, hier so viel Hagel gefallen, demnach bleibt also so und so viel. Ich sage, welcher Mensch mag sich im Stande glauben, eine solche Rechnung ausführen zu können? Offenbar nur ein Narr. Doch nein, auch der Herr Matthieu (de la Drome) glaubt wenigstens, das Resultat solcher Rechnungen zu besitzen. Kündet doch dieser Herr an, er könne die Größe des atmosphärischen Niederschlags, also die Regenmenge für bestimmte Tage im Voraus angeben!

Wenn demnach die Wolkenmenge von dem herrschenden Winde abhängt und sich mit diesem ändert, so ist einleuchtend, daß sich auch für jene keine bestimmte Periode finden läßt, wenn der Wind selbst keine regelmäßige Aufeinanderfolge zeigt. Von welchem Einflusse aber die herrschende Windrichtung auf die Größe der Bewölkung ist, zeigt die nachfolgende Tabelle für den Horizont von Köln, wie ich sie aus 2883 Beobachtungen berechnet habe und wo der gänzlich heitere Himmel — 0, der gänzlich von schweren Regenwolken bedeckte = 2,50 gesetzt wird,

W. = 1,62   N. = 0,93

SW. = 1,42   SO. = 0,86

NW. = 1,35   NO. = 0,67

S. = 1,11   O. = 0,64

Die Bewölkung ist für W. nahezu $2\frac{1}{2}$ mal größer als für O. Die mittlere Bewölkung beträgt 1,07, sie ist nahe übereinstimmend mit derjenigen, welche durchschnittlich der Südwind bringt. Geht demnach der S. in W. über, so kann man mit Wahrscheinlichkeit — aber nicht mit Gewißheit, weil eben häufig Ausnahmen von der allgemeinen Regel vorkommen — darauf rechnen, daß sich der Himmel noch mehr bewölken wird. Mit N. heitert er sich wieder auf und die Reinheit des Himmels nimmt zu in dem Maße, wie sich der Wind nach O. dreht. Dies gilt, wie bemerkt, nur für Köln. In Kopenhagen z. B. bringt, nach Schouw's Berechnungen, der Nordwind den heitersten Himmel; dann folgt der Nordost- und dann erst der Ostwind. Die größte Bewölkung tritt bei Westwind ein. Carlsruhe zeigt nach Eisenlohr ähnliche Bewölkungsverhältnisse wie Köln. Der heiterste Himmel hat meist bei Nordost statt, aber die Bewölkung ist am bedeutendsten, wenn das Thermometer nach seinem höchsten Stunde wieder zu sinken beginnt und der Wind aus Süd in Südwest übergeht.

Dasjenige, was wir über den Zusammenhang der Bewölkung mit den Windverhältnissen und über die Aufeinanderfolge der verschiedenen Luftströmungen wissen, genügt zwar, um hier allgemeine Gesetze in großen Zügen zu erkennen, aber aus dem Vorhergehenden erhellt zugleich, daß es noch lange nicht genügt, um mit Sicherheit etwas Bestimmtes über kommende Witterung vorherzusagen.

Wir haben sonach gesehen, daß den sogenannten hundertjährigen Witterungskalendern die eigentliche Grundlage, nämlich die Wetterbeobachtungen selbst, und den Zusammenstellern derselben auch die oberflächlichste Kenntniß der Wetterkunde abgeht. Die Angaben jener Kalender verdienen daher nicht das mindeste Vertrauen. Uebrigens treffen sie in der Wirklichkeit meist auch gar nicht zu.

Wenden wir uns nun zu den eigentlichen Wetterpropheten, den Leuten, die da ausrufen: „Seht her! wir sagen euch die Witterung voraus, für Morgen, für Uebermorgen, für alle Tag' im Jahr, und im Schaltjahr auch für den 29. Februar!" und die sich ein Messingschild über die Thüre hängen mit der Aufschrift: „Hier wird Wetter vorhergesagt," ähnlich wie andere ehrsame Leute sich über's Haus schreiben: „Hier wird geschröpft und barbirt."

Nein, lieber Leser, das Letztere thun die Wetterpropheten nun zwar doch nicht; sie lassen sich kein Aushängeschild über die Thüre machen. Dieses Amt übernehmen gewisse Zeitungsblätter, deren Schreiber ebenso wenig von der Politik, wie von der Wissenschaft und ebenso viel von der Wissenschaft, wie von der Politik verstehen. Diese Leute gehen hin und schlagen Lärm über eine Sache, von der sie Nichts verstehen und von der überhaupt sie nur sprechen, weil sie ihren Lesern nichts Besseres aufzutischen wissen. —

Im Monat Februar hatten wir hier in Köln während einiger Tage ziemlich bedeutende Kälte; gleich hieß es: „Die französischen Wetterpropheten haben diese Kälte vorhergesagt. Seh't mal, wie die Leute Recht haben, und da wollen die sogenannten Meteorologen noch kommen und den Wetterverkündigern vorwerfen, sie pfuschten ihnen ins Handwerk! Da hat man die Bescheerung: Brodneid ist's, reiner Brodneid!“ Fragte man aber die Hauptschreier: wem? wo? und wann? die französischen Wetterpropheten ihre Prophezeihungen aufgestellt haben sollten, so wußten diese hierauf keine Antwort; höchstens hieß es: Es wird ja allgemein behauptet, also muß doch wohl etwas Wahres daran sein.“

Andererorts behauptete man, die besagten Meteoromantiker hätten eine bedeutende Kälte bis zum 17. des gedachten Monats vorher verkündet; aber siehe da! auch am 18., 19., 20. und 21. war es kalt, sehr kalt, ja sogar noch kälter, wie an den vorhergehenden Tagen. Das war fatal für die Propheten sowohl, wie für ihre Prophezeiungen; aber glücklicher Weise dachten inzwischen diejenigen Leute, welche vorher von jenen Vorhersagungen so viel Aufhebens gemacht hatten, jetzt gar nicht mehr daran, daß sie nicht zugetroffen waren, und die Sache blieb abgemacht.

Wer sind aber denn eigentlich die oft genannten französischen Wetterpropheten und welches sind ihre wissenschaftlichen Leistungen? Worauf stützen sie ihre Aussagen? Behaupten sie, von oben herab inspirirt zu sein oder verdanken sie ihre Inspirirung der eigenen Kraft?

Diese Fragen werden wir im Folgenden zu beantworten haben.

Die beiden Größen, welche die Kunst besitzen, die Witterung vorherzubestimmen, gehören wie wir wissen, Frankreich an, demselben Frankreich, welches in Beziehung auf manche Zweige wissenschaftlicher Forschung neuerdings gar gewaltige Rückschritte zeigt. Ihre Namen sind Mathieu aus der Provinz de la Drome (nicht zu verwechseln mit dem berühmten Physiker und Astronomen Mathieu), und Culvier-Gravier.

Der Erstere behauptet, die Witterung aus der Stellung des Mondes herauslesen zu können, während Letzterer Sturm und Wind aus den Sternschnuppen vorher erkennen will. Beide Leute haben keinen Augenblick gezögert, ungeheures Geschrei von ihren vermeintlichen Entdeckungen zu machen.

Mathieu klagt: „Ich habe mein Leben und meine Gesundheit erschöpft durch meine Arbeiten für die Wissenschaft!" und Coulvier-Gravier meint höchst naiv von sich selbst, er sei ein Wohlthäter der Menschheit. Werfen wir einen Blick auf die eigentlichen wissenschaftlichen Leistungen dieser zwei Leute, so findet sich, daß Mathieu bisher noch eine ganz unbekannte Größe ist; die Wissenschaft kannte seinen Namen nicht, sie kennt ihn bis heute nicht. Coulvier-Gravier's Verdienste reduciren sich auf das Zählen von kleinen Sternschnuppen, jenen sogenannten fallenden Sternen, die man in gewissen Nächten des Jahres häufig am Himmel dahinschießen sieht. Hierin bestehen alle seine Leistungen; tiefe mathematisch-physikalische Untersuchungen über die Meteore, welche von anderer Seite zu herrlichen Resultaten geführt haben, vermissen wir bei ihm vollständig; ja seine Angaben sind großentheils zu strengen Untersuchungen gar nicht einmal brauchbar. Uebrigens ist dieser Beobachter schon früher mehrfach mit seinen Behauptungen stecken geblieben. Er gab nämlich

u. A. die Anzahl der von ihm in der Mitternachtsstunde des 9 — 10. August beobachteten Sternschnuppen für die Jahre 1837 bis 1853 wie folgt an:

1837 === 59 Sternschn.,   1845 = = 85 Sternschn,
1838 — 62 „   1846 —— 92 „
1839 —= 65 „   1847 · — 102 „
1840 := 68 „   1848 — 113 „
1841 —:: 72 „   1849 == 98 „
1842 —= 74 „   1850 === 83 „
1843 —= 78 „   1851 === 71 „
1844 =— 80 „   1852 =—— 60 „

1853 === 52 Sternschn.,

und zog hieraus den Schluß, die Sternschnuppen, welche seit Jahrtausenden regelmäßig im August erschienen, würden vom Jahre 1860 ab ausbleiben. Aber schon der Umstand, daß nach obigen Beobachtungen im Jahre 1837 nahe ebenso viele Meteore gesehen worden, wie anno 1853, und daß in der Zwischenzeit, nämlich 1848, ein Maximum der Häufigkeit eintrat, hätte einen consequenter Denkenden gewiß zu der Ansicht geführt, daß hier von keinem gänzlichen Verschwinden, sondern nur von einem periodischen Ab- und Zunehmen der Häufigkeit die Rede sein könne. Zudem sind aber auch die angeführten Beobachtungen an sich viel zu lückenhaft und unvollstän- dig, um solche Schlüsse mit Sicherheit daraus ziehen zu können. In New-Havre (Nord-Amerika) z. B. wurden in der Nacht des 10. August 1853, wo Coulvier-Gravier für die Mitternacht nur 52 Sternschnuppen rechnet, von 9 bis 4 Uhr 1000, also stündlich mehr als 140 jener Meteore gesehen. Sonach braucht man sich gar nicht zu wundern, daß der seltsame Einfall des guten Mannes sich nicht bewährt hat. Ja, 1853 hat Coulvier-Gravier selbst zugeben müssen, in der fraglichen Nacht über 100 Sternschnuppen gesehen zu haben, während hier in Deutsch-land zur selben Zeit an einem einzigen Orte (zu Mün-ster) unter Leitung eines um die Meteorkunde hoch ver-dienten Gelehrten, des Professors Eduard Heis, 600 die-ser Meteore beobachtet und die einzelnen Umstände ihres Auftretens wohl vermerkt und aufgezeichnet wurden.

Gehen wir nun zur Beleuchtung dessen über, worauf un-sere beiden Meteoromantiker eigentlich ihre Schlüsse bauen.

Herr Mathieu hat sich in den Mond verliebt und be-hauptet, dieser sei die Ursache oder wenigstens doch der Hauptgrund aller Veränderungen, welche die Witterung erleidet. Die Sonne, der Centralpunkt der Wärme, sagt Mathieu, verflüchtet das Wasser des Meeres, der See'n und Flüsse und läßt dasselbe in Form von Dünsten in die höhere Region der Atmosphäre steigen. Wenn aber die Wolken gebildet sind und lustig in der Luft herum-spazieren, dann nimmt sie der Mond unter seine Fittige und läßt sie auf und nieder zappeln — aber nicht, wie Mathieu meint, gleich den Fluthen des Meeres, — sondern viel ähnlicher den Marionetten-Puppen unserer wandernden Theater. Hiermit allein ist's aber noch nicht genug, sondern es kommt dazu noch ein besonderer Einfluß der verschiedenen Mondphasen. Diese besitzen nämlich die lustige Eigenschaft, bald die Wolken zu Regen zu verdichten, bald auch den Regen zu verhindern. Aber welchen Mondphasen kommt denn eine bestimmte dieser beiden Eigenschaften zu? Das wollen wir gleich sehen, sagt Mathieu und holt einen dicken Band herbei, welcher die meteorologischen Beobachtungen der Genfer Sternwarte, die letzten 66 Jahre umfassend, enthält. Jetzt wird excerpirt, addirt und dividirt, und am Ende findet Mathieu: In den Monaten September, Oktober, November und Dezember bringt der Neumond, der zwischen 8 und 9½ Uhr Morgens eintritt, mehr Regen wie derjenige, welcher zwischen 7 und 8 Uhr eintritt. In den Monaten Juni, Juli und August hat das erste Mondviertel eine mäßige Neigung zum Regen, falls es nämlich zwischen 7 und 7½ Uhr Morgens eintritt; es bringt aber Trockenheit, wenn es zwischen 7½ und 8 Uhr Morgens fällt.

Was kein Verstand der Verständigen sieht, das findet in Einfalt ein kindlich Gemüth! Da haben wir die ganze praktische Meteorologie in einer Nuß! Sonderbar, daß Leute wie Kämtz, Dove, Maury, Redfield u. A., die dicke Bücher über die Meteorologie geschrieben haben, nicht auf den simplen Gedanken gekommen sind, daß alle ihre Bemühungen fruchtlos sein müssen, und daß die wahre, praktische Meteorologie in den Annalen des Genfer Observatoriums begraben liegt. Das ist allerdings sonderbar, aber es gibt Dinge, die noch viel sonderbarer sind, so z. B. die Resultate der Untersuchungen des berühmten Directors der Pariser Sternwarte, Leverriers, welche besagen, daß sich Herr Mathieu in seinen Berechnungen total geirrt hat. Zur Unterstützung seiner Behauptung, daß der in den vier letzten Monaten des Jahres zwischen 8 und $9\frac{1}{2}$ Uhr Morgens eintretende Neumond weit mehr Regen bringe, wie der einige Stunden früher oder später statthabende, hat der französische Wetterprophet eigentlich nur sehr wenig Belege zur Hand. Von 32 Beobachtungen kommen 17 auf den Fall, wo der Neumond zwischen 8 und $9\frac{1}{2}$ Uhr eintritt und es fielen während dieser Zeit in Summe 532 Millimeter Regen, was im Mittel für jede der 17 Beobachtungen $31\frac{5}{17}$ Millimeter macht. Die 15 übrigen Beobachtungen gaben für den zwischen 7 und 8 Uhr eintretenden Neumond zusammen 266 Millimeter oder $17\frac{11}{17}$ Millimeter auf jede Beobachtung. Aus diesen Resultaten zieht Mathieu seine meteorologischen Schlüsse. Wäre der gute Mann aber mit der Methode der exacten Wissenschaft bekannt, so würde er wissen müssen, daß schon an und für sich es nicht gestattet ist, aus nur 32 Beobachtungen ein Gesetz ableiten zu wollen, welches für einen großen Theil der Erde die Witterung bestimmen soll. Aber ein weiterer und schlagender Einwurf gegen die Folgerungen, welche Mathieu aus seinen Untersuchungen zieht, erwächst wie bereits bemerkt noch daraus, daß Leverrier zu ganz andern Resultaten gelangt ist, trotzdem er von denselben Beobachtungen ausging, auf die auch Mathieu sich stützt.

Die mittlere Regenmenge, welche mit dem zwischen 6 und 7 Uhr eintretenden Neumond fällt, beträgt nach der Zusammenstellung Leverrier's 21 bis 22 Millimeter; jene zwischen 7 und 8 Uhr just ebenso viel; diejenige zwischen 8 und 9½ Uhr 21 Millimeter, während mit dem zwischen 9½ und 11½ Uhr eintretenden Neumonde auch 21 bis 22 Millimeter Regen fallen. Der Irrthum Mathieu's ist durch den großen wolkenbruchartigen Regen veranlaßt worden, der im Jahre 1840 gegen 9 Uhr Morgens eintrat. Läßt man aber, wie man bei der geringen Anzahl der Beobachtungen unbedingt thun muß, dieses Jahr bei Seite, so ergibt sich für die andern Jahre, in welchen der Neumond zwischen 8 und 9½ Uhr Morgens eintritt, sogar noch ein Minimum der mittlern Regenmenge und von 17 Jahren bleiben 11 unter der Mittelzahl. Hier muß man billig mit Leverrier ausrufen: „Ist das ein Gesetz, welches in $^2/_3$ aller Fälle nicht mit der Wahrheit übereinstimmt?“

Uebrigens glaubt Mathieu steif und fest, daß, wenn der Neumond selbst nur eine halbe Stunde früher oder später wie derjenige zu einer andern Zeit eintritt, hierdurch die gesammten Witterungsverhältnisse total geändert würden. Diese homöopathische Ansicht ist aber so so curios, daß auch wohl nur Mathieu allein daran glauben kann.

Nach den Genfer Beobachtungen übt der Mond keinerlei Einfluß auf die Witterung aus; kann er überhaupt einen solchen ausüben?

Die Frage ist schon oftmals und von den berühmtesten Forschern verneinend ausgesprochen worden. Am ausführlichsten hat sich Arago hierüber verbreitet.

Was ist, sagt dieser große Physiker, was ist überhaupt eine Veränderung des Wetters? Wann kann und darf man sagen, das Wetter habe sich geändert und wann nicht? Der eine Meteorologe glaubt sich hierzu berechtigt, wenn eine geringe Ermäßigung des Windes, eine geringe Erheiterung des Himmels, eine schwache Zunahme der Wolken eintritt. Der andere verlangt weit größere Veränderungen. Wo soll man nun die Grenze ziehen?

und namentlich wie kann man sich über ein bestimmtes Maaß einigen? Hierzu gesellt sich noch eine andere Schwierigkeit. Diejenigen Gelehrten nämlich, welche meteorologische Beobachtungen mit der Ueberzeugung gesammelt haben, daß der Mond von Einfluß sei, beziehen diesen Einfluß auf alle Veränderungen, welche drei Tage vor und drei Tage nach dem Neumond sich einstellen. Wer wüßte aber nicht, daß innerhalb eines Zeitraums von 6 Tagen das Wetter sich fast immer ändert? Man thut dem Mond eine Ehre an, welche ihm nicht gebührt!

Wodurch kann überhaupt der Mond einen Einfluß auf unsere Atmosphäre und hiermit auf die Witterungsverhältnisse haben? Arago führt drei Ursachen an, wodurch ein solcher Einfluß des Mondes möglich sein könnte, nämlich: durch seine Anziehungskraft, durch sein Licht und durch unbekannte Ausströmungen. Von diesen letzteren kann aber schon deshalb kein Einfluß auf die Temperatur, resp. die Witterung herrühren, weil man niemals dergleichen Ausströmungen bemerkt hat, weil keine existiren.

Es bleibt nun zu beweisen, daß auch Seitens der beiden andern Ursachen solche Einwirkung nicht existirt.

Was den ersten Punkt anbelangt, so übt allerdings des Mondes Anziehungskraft einen Einfluß auf die Atmosphäre, ähnlich demjenigen, welchen sie auf die Waffer der Oceane ausübt, und das Lichtmeer hat seine Gezeiten,

Ebbe und Fluth, wie das Meer. Mathieu, der dies irgendwo in Erfahrung gebracht haben mag, ohne indeß der Sache weiter nachzuforschen, stützt hierauf seine ganze Theorie des Wolkentanzes, wie wir oben gesehen haben. Wir besitzen aber zum Unglück für diese schöne Theorie ein Instrument, welches uns die Größe des Einflusses, den die Atmosphäre durch die Anziehungskraft des Mondes erleidet, anzeigen kann. Dieses Instrument ist das Barometer; man bemerkt an demselben noch Schwankungen im Luftdruck, welche den Stand des Quecksilbers um nicht mehr als $\frac{1}{10}$ Linie verändern. Sehen wir aber zu, wie groß nach den Angaben dieses Instruments die atmosphärische Ebbe und Fluth ist, so ergibt sich hierfür ein so geringer Betrag, daß das Instrument denselben eigentlich gar nicht mehr anzeigt. Bouvard in Paris fand mit Hülfe der höhern Mathematik, und als er nicht weniger als 8940 einzelne Beobachtungen untersuchte, für die Größe der atmosphärischen Fluth einen Betrag von $\frac{9}{1000}$ Pariser Linie, eine Angabe, die ohne Hülfe der höhern Mathematik aus den Angaben des Barometers allein gar nicht hätte wahrgenommen werden können. In gleicher Weise fand Eisenlohr aus 32,144 Beobachtungen, welche sich über einen Zeitraum von 22 Jahren erstreckten, daß der Einfluß der Mond-Anziehung auf unsere Atmosphäre gänzlich unmerkbar ist.

Aber selbst wenn ein solcher Einfluß existirte, so könnte dieser dennoch nie so weit gehen, daß er die Wolken heraufzöge und wieder herabfallen ließe, wie Herr Mathieu behauptet. Solche Behauptung bezeugt, daß derjenige, welcher sie aufstellt, nichts von physikalischen Gesetzen versteht. — Meine Frau, die mir, während ich dies schreibe, über die Schulter guckt und die Wolkentanz-Theorie des Herrn Mathieu gelesen hat, quält mich in diesem Augenblick mit der naiven Frage, warum denn der Mond andere Dinge, die leichter wie ein ganzer Wolkenkoloß seien, nicht auch anzöge; warum er z. B. in neckischer Laune nicht 'mal Jemandem unversehens den Hut vom Kopf zöge? Ich kann ihr diese Frage wahrhaftig nicht beantworten und muß sie auf später vertrösten, wenn uns Herr Mathieu dies Alles näher explicirt haben wird. —

Ist aber das Licht des Mondes vielleicht von Einfluß auf die irdische Atmosphäre?

Wenn wir bedenken, daß das Mondlicht nichts anderes ist wie erborgtes oder zurückgestrahltes Sonnenlicht, so wird man vorab diesem keinen andern Einfluß zuschreiben können, wie dem Sonnenlichte selbst. Bedenken wir ferner, daß nach Bouguer das Mondlicht 300,000 mal, und nach Wollaston, den die Engländer den Pabst nennen, weil ihm bei seinen zahlreichen Versuchen nie ein Irrthum nachzuweisen war, dasselbe gar 800,000 mal schwächer als das Sonnenlicht ist, so dürfen wir dem Mondlichte neben jenem der Sonne gewiß keinen Einfluß auf die Temperatur zuschreiben. Nichts destoweniger wird dem Monde von den Landleuten eine erkältende Kraft zugeschrieben. Er soll Schuld daran sein, daß in den Nächten des April und des Mai nicht selten die Knospen erfrieren und überhaupt die Vegetation in ihrer Entwicklung zurückbleibt. Mit solchen Behauptungen thut man aber unserm freundlichen Nachbarn ein großes Unrecht. In jener Jahreszeit nämlich ist die mittlere Temperatur nicht selten kaum höher als 4 bis 6 Grad über dem Gefrierpunkte. Nun weiß aber Jeder, daß die Pflanzen bei Nachtzeit durch Ausstrahlung einen Theil der während des Tages empfangenen Wärme verlieren. Diese Ausstrahlung oder Erkaltung ist am bedeutendsten in heiterer Nacht; denn die Wolken dienen gewissermaßen als Decke, welche die Erdoberfläche umhüllt und ihre Ausstrahlung gegen den kalten Himmelsraum verhindert. Die Temperatur der Pflanzen, welche am Tage vielleicht kaum 5 Grad betrug, kann also in Folge der Ausstrahlung leichtlich sich so weit verringern, daß sie unter Null herabsinkt und das Gewächs erfriert. Da aber solche Strahlung, d. h. solcher Wärmeverlust nur stattfindet, wenn der Himmel heiter, also der Mond meist sichtbar ist, so hat der Aberglaube diesem letztern eine Wirkung beigelegt, deren Ursache ganz anderswo zu suchen ist. Dieser Irrthum findet übrigens seine Nahrung noch in dem Umstande, daß man die gegen den Mondschein angewandten Mittel (Bedecken der Pflanzen mit Stroh ꝛc.) von Erfolg findet, während diese in der Wirklichkeit nur die Ausstrahlung verhindern. Denn indem der Gärtner hingeht und die empfindsamen Pflanzen mit Stroh bedeckt, um sie vor den Mondstrahlen zu schützen, verhindert er in der That die Wärmeausstrahlung, und der Zustand wird just so, als wenn Wolken den Himmel bedeckten.

Der Mond wirkt demnach weder durch seine Anziehung, noch durch sein Licht in sonderlicher Weise auf unsere Lufthülle ein, es bleibt daher nur noch die Annahme, daß er etwa durch unbekannte Ausströmungen einen solchen Einfluß ausüben möchte. Von solchen Ausströmungen aber hat, wie schon bemerkt, bis heute leider noch kein civilisirter Mensch etwas bemerkt und der Beweis ihres Vorhandenseins muß daher noch erst von Denjenigen beigebracht werden, welche dergleichen Ausströmungen zur Unterstützung aufgestellter Hypothesen citiren.

Alles in Allem ergiebt sich demnach, daß der Mond gar keinen Einfluß auf die Witterung ausübt und daß er uneigennützig und anspruchslos am Himmel daherwandelt und Nachts die stille Welt besieht, wie einst der gute Claudius sang.

Was nun das angebliche Eintreffen der Voraus-
sagungen Mathieu's anbetrifft, so ist auch hieran kein
wahres Wort: die prophezeite Witterung ist meist gar
nicht eingetroffen! Freilich, wenn der französische Meteoromantiker hingeht und ausruft: „Der Sommer des
Jahres 1863 wird sehr veränderlich sein; Gewitter und
Hagel werden im Juli und nach der Mitte des August
erfolgen; die Monate März und April werden viel Un-
wetter, Stürme und Regenschauer bringen!" so wird kein
vernünftiger Mensch daran zweifeln, daß dergleichen allgemeine Angaben, welche sich weder auf einen bestimmten Ort, noch auf einen bestimmten Tag beziehen, wenn
wir einen großen Ländercomplex, z. B. Deutschland und
Frankreich ins Auge fassen, irgendwo nahe mit der Wahrheit übereinstimmen können. Wer wüßte nicht, daß in
den Monaten März und April das Wetter fast immer
unbeständig und stürmisch ist? Wer wüßte nicht, daß in
den Monaten Juli und August die Gewitter am häufigsten sind? Während daher an hundert Orten die vor-
herverkündete Witterung mit der eingetroffenen nicht übereinstimmt, kann auch 'mal unglücklicher Weise für einen
einzigen Ort der umgekehrte Fall eintreten und das Wetter hier einige Zeit hindurch sich dem vorausbestimmten
anschließen. —

Gehen wir jetzt zu dem Collegen des Herrn Mathieu,

zu Herrn Coulvier-Gravier über und sehen uns dessen Wetterprophezeiungssystem näher an.

Glaubt Mathieu im Monde die Quelle aller Wetterveränderungen zu finden, so sagt dagegen Coulvier-Gravier: „Nein, es ist nicht wahr, die Sternschnuppen sind es, aus deren Verhalten wir das Wetter vorherbestimmen können! Vergeudet daher nicht eure Zeit mit Untersuchungen über den Einfluß des Mondes auf die Atmosphäre, beobachtet lieber die Sternschnuppen in der Nacht des 1. Mai und ihr werdet die Witterung für ein complettes Jahr im Voraus wissen!" Und nun folgt eine lange lange Reihe von rein aus der Luft gegriffenen Regeln, welche besagen, wie man's zu machen hat, um jenes Vorauswissens theilhaftig zu werden.

Ein etwas vorwitziger Mensch könnte nun freilich die unbescheidene Frage thun: „Weshalb sollen wir denn grade in der Nacht des 1. Mai uns unter freien Himmel begeben und beobachten; warum geht's nicht ebenso gut am 1. April?" Wir wollen uns aber hierbei gar nicht weiter aufhalten, sondern der Sache näher auf den Leib gehen und untersuchen, ob überhaupt die Sternschnuppen einen Einfluß auf die Witterung haben können; ob ihr Lauf und ihre Richtung mit den Temperaturverhältnissen unserer Atmosphäre in irgend welcher Beziehung stehen kann.

Zuvörderst haben wir uns hierbei zu verdeutlichen, was denn die Sternschnuppen eigentlich sind und welches ihre kosmische Stellung im Raume ist, in welcher Beziehung sie zum Universum oder speciell zu unserm Sonnensystem stehen.

Die mannichfachsten Beobachtungen und genaue Untersuchungen derselben haben ergeben, daß die Sternschnuppen Miniatur-Weltkörper, gewissermaßen Fragmente kosmischer Materie sind, die in großen Schwärmen in elliptischen Bahnen unsere Sonne umkreisen. Die Erdbahn durchschneidet diese Bahnen zu gewissen Zeiten des Jahres. Wenn unser Planet nun an diese Durchschnittspunkte gelangt und gleichzeitig eine mehr oder minder große Anzahl jener Meteore ebenfalls in der Nähe derselben sich befindet, so zieht er dieselben an, und mitunter fallen sie als sogenannte Feuerkugeln auf den Erdboden herab. Dergleichen Feuerkugeln hat man schon viele und seit den ältesten Zeiten bemerkt. Früher wußte man sich ihr Herabkommen gar nicht zu erklären; aus dem Himmel konnten solch' schreckliche Bomben nicht gut herabfallen, aber man sträubte sich auch gegen die Annahme, als könnten Funken aus der Hölle herumwirbeln. In der Kirche zu Ensisheim im Elsaß hängt eine Steintafel zum Gedächtniß eines Meteorsteines, der „Anno Domini 1492 uff Mitwochen nächst vor Martini, den

siebenten Tag Novembris" herabgefallen ist; in jener In-
schrift heißt es u. A.: „Es kamen viele Leut allher den
Stein zu sehen, auch wurden viel seltsam Reden von dem
Stein geredet. Aber die Gelehrten sagten, sie wissen
nicht was es wär, denn es wär übernatürlich, daß ein
solcher Stein sollt von den Lüfften herabschlagen, beson-
ders es wäre ein Wunder Gottes, denn es zuvor nie
erhört, gesehen, noch geschrieben befunden worden wäre.
Da man auch den Stein fand, da lag er bei halb Manns
tief in der Erden, welches jedermann dafür hält, daß es
Gottes Wille war, daß er gefunden würde." Die ehr-
lichen Ortsgelehrten wußten jedenfalls Nichts von frühern
Meteorsteinfällen, sonst würde es in der frommen Be-
schreibung nicht von „nie erhört, gesehen noch geschrieben" heißen. Uebrigens machte ein unbekannter Stadt-
poet noch extra folgendes rührende Lieblein auf den berühmten Stein:

> „Tausend vierhundert neunzig zwei
> Hört man allhier ein groß Geschrei
> Daß zunächst draußen vor der Stadt
> Den siebenten Wintermonat
> Ein großer Stein bei hellem Tag
> Gefallen mit einem Donnerschlag
> An dem Gewicht dritthalb Centner schwer
> Von Eisenfarb bringt man ihn her." —

Feuerkugeln und Sternschnuppen sind ein und derselben Natur, aber von vielen Tausend Sternschnuppen fällt kaum eine als Feuerkugel hernieder. Diese Meteore bewegen sich, wie bemerkt, in bestimmten Bahnen; sie irren nicht planlos in der Luft herum, und wenn vor mehr als zweitausend Jahren ein Aristoteles, Theophrastus, Aratus u. A. solcher Ansicht waren, so darf uns dies nicht Wunder nehmen, da diese Leute sich weder auf Arbeiten von Vorgängern in diesem Gebiete, noch auf sonstige Anhaltspunkte stützen konnten. Wenn aber Coulvier-Gravier heute noch, im Jahre Eintausend achthundert fünf und sechzig post Christum natum meint, der Lauf der Sternschnuppen würde vom Winde beeinflußt, so dürfen wir getrost diese Meinung als ein Armuthszeugniß des Geistes des gedachten Herrn ansehen. Ueberhaupt ist es schwer zu begreifen, wie Jemand hingehen und es unternehmen kann, ein Buch über die Sternschnuppen zu schreiben*), ohne mit den Forschungen derjenigen Leute, welche die heutige Meteorkunde eigentlich geschaffen haben, eines Chladni, Brandes, Benzenberg, Olbers, Bessel, Bogulawski, Heis, Schmidt, Herrick u. A. genau bekannt, d. h. ohne der Sache mächtig zu sein. Es kommt mir das gerade so vor, als wenn ein Arbeiter in einer Maschinenfabrik, nachdem er einige Jahre hindurch beim

---

*) Recherches sur les météores et sur les lois qui les regissent.

Zusammenholen der einzelnen Maschinentheile mitgewirkt, plötzlich ein Werk über den Bau der Maschinen und die Gesetze ihrer Wirksamkeit schreiben wollte.

Aber nicht allein daß Herr Coulvier-Gravier Nichts von der eigentlichen Meteorkunde versteht, so denkt er auch nicht einmal logisch über seine eigenen Behauptungen nach. In der That, wenn die Sternschnuppen durch ihren Lauf die Witterung vorherbestimmen, warum soll man denn grade am 1. Mai beobachten und wählt statt dessen nicht lieber gewisse Nächte des August oder November, wo jene Meteore erweislich am häufigsten erscheinen? Aus der großen Zahl der alsdann sichtbaren Meteore ließen sich ja weit leichter die Wirkungen der „störenden Winde" bestimmen. Aber unter uns gesagt, diese Störungen existiren nur im Kopfe des Herrn Coulvier-Gravier und sonst nirgendwo. „Es gibt, sagt derselbe, wohl Niemanden, der nicht bemerkt habe, daß die Sternschnuppen sich nicht immer in gerader Linie bewegen. Die einen beschreiben eine lange Curve, die andern legen ihren Weg in Schlangenlinien zurück, wiederum andere verändern ihre Richtung, indem sie plötzlich zurückkehren." Ueber diese Bemerkung sagt aber Professor Heis, sicherlich einer der competentesten Richter in Bezug auf Sternschnuppenbeobachtungen: „Eine krummlinigte Bahn ist mir bei meinen tausenden Beobachtungen wohl zuweilen vorgekommen, sie gehört aber zu den Ausnah= men, und ich zweifle nicht daran, daß es Viele geben wird, die nie eine Sternschnuppe sich in krummlinigten Bahnen bewegen gesehn haben." Wenn es nun, wie Coulvier-Gravier meint, der Einfluß der Luftströmungen und des Windes ist, welcher den Lauf der Sternschnuppen von der graden Richtung ablenkt, so macht sich dieser Einfluß curioser Weise doch so selten geltend, daß er un= ter vielen Tausend Meteoren kaum bei einigen bemerk= lich wird. Was folgt aber hieraus? Offenbar, daß ein solcher Einfluß gar nicht existirt, indem er anbernfalls weit häufiger müßte wahrgenommen werden können. Uebrigens zerrt und dreht und windet Herr Coulvier= Gravier die Thatsachen hin und her, um sie mit seiner Theorie in Zusammenhang zu bringen. Es ist wirklich haarsträubend, wenn man in seiner Schrift liest, wie z. B. am 8. November 1842 um 7 Uhr des Abends sich eine Sternschnuppe erster Größe zeigte, die nach einem Laufe von 45 Grad im Bilde des großen Bären verschwand, — sie kam von Süden, setzt Herr Culvier-Gravier hin= zu — und wie 75 Stunden nach dem Erscheinen du signe prècurseur, im Sturm die „Reliance" in dem französisch= englischen Canal Schiffbruch litt. Man muß es wirklich selbst nachlesen, um glauben zu können, daß es im 19. Jahrhundert noch Leute gibt, die in einer wissenschaftlich=

sein=sollenden Schrift dergleichen Zusammenstellungen machen. Warum aber gerade die Sternschnuppe jenen Sturm vorhergesagt haben soll, wird nicht näher beleuchtet, auch fällt es Herrn Coulvier=Gravier gar nicht einmal ein, die Nothwendigkeit nachzuweisen, daß solche Beziehungen zwischen Sternschnuppe und Sturm bestehen müssen.

Fassen wir das bisher Gesagte über die Sternschnuppen zusammen, so ergibt sich mit Bezug auf Coulvier=Gravier's Theorie:

1) Der Lauf und die Richtung der Sternschnuppen wird so wenig vom Winde beeinflußt, wie der Flug einer Kanonenkugel.

2) Und selbst wenn dies der Fall sein könnte, wenn also eine Sternschnuppe vom Winde beeinflußt würde, so könnte ihr scheinbarer Lauf am Himmelsgewölbe uns doch nichts Näheres über die eintretenden Windverhältnisse sagen, da die Richtung und Stärke der obersten Luftströmungen mit derjenigen der untern Winde nicht nothwendig übereinstimmt, auch ein Herabkommen der oberen Winde nicht immer unter den nämlichen Verhältnissen stattfindet. —

Was den Dritten im Bunde der obengenannten Wetterpropheten, Herrn Rechnungsrath a. D. Schneider in Berlin anbelangt, so kann ich mich über dessen Prophe=

zeiungsmethode kurz fassen. Die Geschichte seiner Kunst oder, wie ihr Eigenthümer sie nennt, der Wissenschaft der Astrometeorologie betreffend, so ist letztere nach Herrn Schneider's offenem Geständniß ihm von dem Herrn Jesus Christus geoffenbaret worden — indessen die ungläubigen Menschen, jene Sünder mit verstocktem Herzen, wollen an die Richtigkeit solcher Offenbarung nicht glauben. Und nicht allein, daß sie über die Wissenschaft der Astrometeorologie an und für sich lachen und die „blaue Sphäre" als blauen Dunst und die „Glasatmosphäre", welche sich unter jener ausbreiten soll, als äußerst zerbrechlich, resp. schon längst zerbrochen und in die Rumpelkammer geworfen, verschreien: nein, sie gehen auch sogar hin und lachen darüber, daß Herr Schneider seine Wissenschaft als sein alleiniges Eigenthum ansieht und mit grimmem Ernst und mit allen Mitteln, welche die Gesetze des preußischen Staats zur Wahrung seiner Rechte bereit halten, zu verfechten gedenkt. Mit Bezug auf letztern Punkt lachen sie aber deshalb, weil es keinem Menschen einfallen wird, Herrn Rechnungsrath Schneider in seinem geistigen Besitzthum zu kränken, dann aber auch, weil man behaupten könnte, dieses geistige Besitzthum sei gedachtem Herrn, weil nur im Traume, gar nicht in rechtlicher Form übertragen worden und daher kein jus possessoris vorhanden.

Wie dem aber auch sei, so hat die Astrometeorolo= gie nirgendwo Beifall gefunden. Die eigentliche Wissen= schaft will nicht daran glauben und zwar aus folgenden Gründen.

Erstlich wird ebenso wenig, wie in den französischen Prophezeiungssystemen irgend eine Nothwendigkeit, ein innerer ursächlicher Zusammenhang, eine Zurückführung auf bestimmte physikalische Gesetze nachgewiesen. Der Herr Rechnungsrath Schneider addirt und dividirt eine Zeit lang etliche Zahlen und sagt schließlich: „Ergo muß die Temperatur an dem und dem Tage bei Sonnenauf= gang so und so viele Grad betragen." Dann werden aus meteorologischen Tabellen diejenigen Orte aufgesucht, welche nahe solche Temperatur in den Morgenstunden jenes Tages gehabt haben, und hierdurch bewiesen, daß die Rechnung richtig war. Allein solche Schlüsse sind ebenso werthlos, als leicht zu ziehen. Ihre Unrichtigkeit liegt auf der Hand. Nehmen wir einmal an, die Astro= meteorologie habe für den 1. März die Temperatur bei Sonnenaufgang auf 1 Grad Wärme festgesetzt. Nun weiß aber Jeder, daß die Temperatur mit dem Abstande vom Aequator und der Höhe über dem Erdboden ab= nimmt. Gewisse Orte in der heißen Zone haben bei Sonnenaufgang am 1. März eine Temperatur von 1 bis 15 Grad Wärme, andere weniger, und Orte in der kal=

ten Zone haben gar mehr als 10 oder 15 Grad Kälte um jene Zeit. Die zwischen liegenden Erdregionen zeigen alle Temperaturen, welche zwischen jene Extreme von 1—15 Grad Wärme und 10—15 Grad Kälte fallen. Es muß daher auch einen oder einige Orte geben, welche bei Sonnenaufgang eine Temperatur von 1° Wärme besitzen. Die Frage ist nur, welcher Ort ist dies? Soll aber die Astrometeorologie wirklich etwas leisten, so muß sie die umgekehrte Frage beantworten können: Welche Temperatur herrscht an dem und dem Tage zu der und der Stunde an einem bestimmten Orte? Ferner: die Zeitbestimmung „bei Sonnenaufgang" ist gänzlich nichtssagend, wenn sie nicht an einen bestimmten Punkt der Erde geknüpft wird. Es gibt Orte, wo die Sonne um 3 Uhr Morgens aufgeht und wo es dennoch um diese Zeit wärmer ist, wie andere, wo die Sonne um 9 Uhr sich träge über den Horizont hebt. An einem Orte hoch über der Meeresfläche, etwa auf der Spitze eines 3000 Fuß hohen Berges, ist es bei Sonnenaufgang weit kälter, wie am Fuße des Berges. Daß aber Herr Schneider bei seinen Temperaturvorhersagungen von allen diesen Verhältnissen Nichts weiß, ergibt sich deutlich aus seinen Worten: „Die vorherberechneten Temperaturen haben volle Gültigkeit für den ganzen preußischen Staat." Diese Phrase ist verhängnißvoll für die Astrometeorologie;

sie verschließt ihr allein schon unerbittlich die Thüre bei der Meteorologie, der Physik und physikalischen Geographie. Wie kann auch ein meteorologisches Element von der wechselvollen politischen Gestaltung eines Landes abhängen? Solche Behauptungen zeigen die Unwissenschaftlichkeit auf ihrem höchsten Gipfel!

Es wurde oben gezeigt, daß es immer einen bestimmten Ort auf der Erde geben muß, der zu einer bestimmten Zeit eine gewisse Temperatur hat, wenn diese selbst die möglichen Grenzen nicht überschreitet. Indem nun der „Eigenthümer" der Astrometeorologie hinging und zur Unterstützung seiner Behauptungen aus einem Kataloge der beobachteten Temperaturen diejenigen Orte zusammensuchte, welche die am besten mit der Vorausberechnung übereinstimmende Temperatur zeigten, begab es sich nicht selten, daß er diejenigen Orte, welche wirklich jene Temperatur zu der besagten Zeit hatten, nicht in seiner Liste verzeichnet fand. Und das war schlimm! Denn trotzdem die Astrometeorologie übernatürlichen Ursprungs ist, machten doch selbst ihren Eigenthümer die herauskommenden Differenzen zwischen Rechnung und Beobachtung stutzig und er fand sie in der That „bedenklich." Den Meteorologen aber schien überhaupt die ganze Sache bedenklich, und da, wie man weiß, dergleichen Freidenker gewöhnlich ein leichtes Gewissen haben, so ließen

sie die Astrometeorologie links liegen und gingen ver=
stockten Herzens ihren Weg weiter.

* * *

Lieber Leser! Aus dem Vorhergehenden wirst Du,
wenn's mir anders nicht an den allernothwendigsten
Eigenschaften, mein Thema klar und deutlich darzulegen,
gefehlt hat, leichtlich ersehen haben, daß es mit der Wetter=
vorherverkündigung nichts, sondern die Meteoromantik
in wissenschaftlichem Sinne nur eine Art Schwin=
del ist. Bedenken wir nun noch, daß die Vorhersagungen
des Wetters meist gar nicht eingetroffen sind, so müßten
wir uns in der That wundern, daß es so viele Leute
gibt, welche an dergleichen Zeug glauben, wenn wir nicht
andererseits an den Ausspruch eines geistreichen Mannes
erinnert würden: „Es gibt keinen so großen Thoren, der
nicht noch größere Thoren fände, die seinen bloßen Wor=
ten glaubten!"

Nachschrift.

Das Vorstehende war schon geschrieben, zum Theil auch schon gedruckt, als die Nachricht anlangte, daß Herr Mathieu de la Drome ziemlich unverhofft gestorben ist. Wenn ich nun nicht, dem Sprichworte: de mortuis nihil nisi bene, folgend, das diesen Herrn betreffende Kapitel in dem vorstehenden Werkchen umgeworfen habe, so geschah dies einfach aus dem Grunde, weil dasselbe durchaus nicht den Mann, der eine sehr ehrenwerthe Persönlichkeit gewesen sein soll, sondern nur die Lehre bekämpfen will.

Was die Nachricht betrifft, daß die Meteoromantik ganz neuerlich zwei bis drei neue Apostel in Frankreich gefunden habe, welche die Ansichten ihres Lehrers weiter dociren, so sehen wir hier abermals ein trauriges Beispiel, wie das sogenannte Halbwissen noch immer in den gefährlichsten Regionen massenhaft lagert. Das ganze Auftreten dieser jüngern, gewissermaßen alluvialen Wetterpropheten, dieses fortwährende Vorführen der Wahrheit ihrer Prophezeiungen ohne eigentlichen wissenschaftlichen Nachweis derselben, dieses Pochen auf den Vorgänger im Wetter=Prophetenthum: alles dieses erinnert unwillkür= lich in gewissem Sinne an die Handlungsweise der Priester des Gottes Fo. Auch diese Leute empfehlen ihren Gott und seine Macht allenthalben und auch sie haben das An= sehen und meinen am Ende auch wirklich, sie vermöchten durch ihren Götzen etwas auszurichten. Sie, gleichwie die Wetterpropheten, sind schwerlich zu überzeugen. Als einst Pére le Comte einem Bonzen begegnete, welcher sich in einen ganz dicht mit spitzen Nägeln beschlagenen Trag= korb hatte stellen und in diesem Zustande an den Häu= sern vorbeitragen lassen, wo er in erbaulicher Sprache die Leute bat, ihm zum Heil ihrer Seelen einen Na= gel abzukaufen, hielt ihm der französische Missionar eine Bekehrungsrede, von welcher er sich um so eher Erfolg versprechen durfte, als der Priester des Fo aufmerksam zuhörte. Nach Beendigung derselben erwiderte dieser sanft, aber mit vieler Kälte, er sei für den gegebenen Rath sehr verbindlich, würde es aber noch mehr sein, wenn der eifrige Missionar ihm ein Dutzend seiner Nägel abkaufen wolle, die dem europäischen Seelsorger gewiß eine glück= liche Reise bringen würden. „Halt," fuhr er fort, indem er sich plötzlich gegen die eine Seite wandte, „nehmt diese; bei meiner Treu', sie sind die besten in meiner Sänfte, da sie mich mehr denn die übrigen schmerzen; dennoch erhaltet ihr sie, zum Dank für eure Belehrung, um denselben Preis."

Gerade so sind auch die Wetterpropheten. Noch unlängst traf ich auf einer Rheinreise mit einem Manne dieser Gattung zusammen und wir unterhielten uns mehrere Stunden lang über den in Rede stehenden Gegenstand. Als ich den folgenden Tag durch den Kurgarten in Wiesbaden nach der Platte mich begeben wollte, traf ich meinen Reisegefährten wieder an, der diesmal, so schnell seine Beine es gestatteten, dem Hotel zum grünen Wald zusteuerte. Besorgt fragte ich ihn, weshalb er so eilig sei; er erwiderte, daß in Zeit einer kleinen halben Stunde eine Art Wolkenbruch statthaben werde und er nicht die geringste Lust verspüre, von solchem Wetter überrascht zu werden. Ich hatte gut nachfragen, woher er das so genau wisse, denn mit einem leichten Gruße verschwand er um die nächste Ecke. Ehe ich meinen Weg fortsetzte, sah ich mir ringsum den Himmel an, aber nichts Verdächtiges zeigte sich; ich schloß hieraus, daß mein Freund Wetterprophet wahrscheinlich wieder einmal neben das Ziel geschossen habe, und in der That fiel auch an jenem Tage nicht ein Tropfen Regen und auch der folgende Tag war heiter und warm.

Ich habe oben auf eine gewisse Aehnlichkeit zwischen den Wetterpropheten und den Priestern des Fo aufmerksam gemacht; ich will indessen doch hier zum Schlusse nicht verschweigen, daß diese Aehnlichkeit in manchen andern Punkten nicht zutrifft, und da ich oben die Gründe pro durch eine Anekdote erläutert habe, so mögen die Gründe contra ebenfalls durch eine solche motivirt werden.

Wenn nämlich die Bonzen ihren Gott lange genug verehrt und beräuchert haben, ohne daß sie Wirkung davon verspüren, so geschieht es bisweilen, daß ihre Geduld erschöpft und das Idol mit Schimpfreden belastet wird. „Du Hund von einem Geiste," pflegen sie zu sagen, „wir logiren dich in einen bequemlichen Tempel, du bist gut vergoldet und erhältst Ueberfluß an Rauchwerk; dennoch, nach aller Sorge, die wir auf dich verwenden, bist du undankbar genug, uns selbst nothwendige Sachen zu verweigern." Sie binden sodann das Götzenbild mit Stricken fest, schleppen es durch die Gassen und beschmieren es mit Schmutz zur Strafe für das vergeblich verschwendete Rauchwerk. Wenn zufällig während eines solchen Auftritts dasjenige, um welches jene Priester flehten, in Erfüllung geht, was bisweilen vorkommen kann, so ändern sie ihre Behandlungsweise. Dann wird der Gott abgewaschen, zum Tempel zurückgebracht und mit Feierlichkeit in seine alte Nische gesetzt. Die Bonzen entschuldigen sich alsbann in den gesuchtesten Ausdrücken wegen ihrer wenig ehrerbietigen Behandlung. „In der That, sagen sie, wir waren zu rasch; aber auch wie Unrecht hattest du, so verhärtet zu sein. Warum mußtest du dich ohne Noth schlagen lassen? Würde es dich mehr gekostet haben, unsere Bitten im Guten zu gewähren? Allein, was geschehen ist, ist geschehen: laß uns nicht mehr daran denken. Wir wollen dich auch ganz neu vergolden, wenn du das Vergangene vergessen willst!"

Unsere meteorologischen Bonzen sind weit kurzsichtiger, wie die chinesischen; sie sehen gar nicht einmal, ob ihr Jdol, die Meteoromantik, ihren Wünschen und ihrem Vertrauen entspricht, was um so auffallender scheinen muß, als die chinesischen Bonzen Hallunken ex professo sind und in ihrem Amte sein müssen, während in Europa die artigsten ernstesten Leute von der Welt in die unartigsten und lächerlichsten Jrrthümer hineingerathen und wohnlich sich dort einrichten.

Aber für eine Bekehrung zur wahren Meteorologie scheint mir, meinen Erfahrungen zufolge, bei den Lehrern der Meteoromantik selbst, Hopfen und Malz verloren zu sein; die Gründer der Sekten lassen sich ja bekanntlich immer für ihre Lehren die Haut über die Ohren ziehen.

Das Vorstehende ist daher nur zur Verständigung des Publikums geschrieben, und ich habe den Zweck, den ich mir bei Abfassung dieses Schriftchens vorgesetzt, erreicht, wenn es dazu beiträgt, daß hier die Lehren der Meteoromantik in ihrer ganzen Hohlheit erkannt werden.

G. Höhn'sche Buchdruckerei (Heuser) in Neuwied.